괜찮아,
잠깐 기대어도 돼

괜찮아,
잠깐
기대어도 돼

글 · 그림 권예진

좋은땅

/ 목차 /

(Part 2)

너와 내가 함께하다

Prologue /

나는 이상하게도 과거에 대한 기억들이 별로 없다. 어떤 사람은 자신의 첫
직장에서 월급이 얼마였는지, 아주 어린 시절 몇 반이었는지 이런 것들을
세세하게 기억하는데, 나의 머릿속엔 그런 기억은 극히 드물게 남아
있다. 다만 그때의 느낌들만 기억하고 있을 뿐이다. 그래서인지 내가
기억하고 있는 몇 안되는 추억들이 더 소중하다. 어린시절 시골에서 맘껏
뛰어 놀았던 시간들, 학창시절 때의 나, 첫 직장, 엄마로써의 삶까지…
기억하는 그 모든 것들을 오래오래 간직하고 싶다.

나는 어릴 때부터 봉사활동을 많이 했다. 중학교 때부터 누군가를 돕는
일엔 나도 모르게 용기가 생겼고, 봉사를 할 때마다 내 삶이 즐겁고, 내
맘이 기쁨으로 가득 차는 것을 경험했다. 더불어 함께 산다는 것, 자연과
사람이 같이 공존하는 것, 늘 이런 것에 관심이 있는 나는 오늘도 이를
실천하는 삶을 살려고 노력하고 있다.

Part 3 ····························· 사랑을 말하다

나는 사랑한다는 말을 잘한다. 가끔 주저할 때도 있지만, 사랑한다고 주변 사람들에게 글이나 말로 표현해 준다. 그리고 사랑받고 있는 것 같은 느낌이 드는 것도 좋아한다. 섬세하게 나를 챙겨 주거나 위로해 주거나 따스한 말을 건네 주는 사람으로 인해 행복하다. 그럼에도 불구하고 늘 내 사랑은 서툴다. 사랑이 깊어지면 상처받을까 두려워 도망가고, 늘 외로워 하고⋯ 그래서 나는 아직도 사랑이 어렵고, 서툴다.

Part 4 ····················· 일상에서 나를 만나다

늘 새롭게 도전하고 모험하는 것을 좋아하는 나는 큰아이가 중학생이 될 때 충북 영동 백화마을로 귀촌을 한다. 물론 가족들과 충분히 상의했고, 마을에 입주하기 2년 전부터 입주민들이 '두꺼비학교'라는 모임을 통해 한달에 한 번씩 만나 친교의 시간을 가졌었고, 그 덕분에 낯선 환경에서도 잘 적응해 나갈 수 있었다. 하지만 아파트에서 편리하게 살던 나는 주택살이, 텃밭 가꾸기에 의욕만 넘쳤지 막상 아는 것은 별로 없어 서투르고 힘들었다. 그래도 벌써 귀촌한 지 10년째, 주말부부로 지내면서 아이들 셋 키우랴, 공부하랴, 일하랴 바쁘게 지냈고, 서투른 시골살이도 차츰 적응이 되어 갔다. 매일매일의 일상 속에서 늘 깨어 있고 싶은 나는 오늘도 새로운 나를 꿈꾼다.

Part 1

추억을 회상하다

1-1
공장

나는 유년기를 서울시 강북구 상월곡동에서 보냈다.

그곳은 아직도 내가 보냈던 그 시절의 모습이 여전히 남아 있다.

거리를 지나다 2층 창문을 썬팅지로 다 가려놓은 어느 공장의 미싱사 모집 광고가 눈에 들어온다.

우리 엄마는 지금의 내 나이 이전부터 공장에 다녔다.

공장은 주로 지하에 있기도 하고, 환경이 조금 좋아 지상에 공장이 있어도 그 시절 환기시스템도 제대로 갖추어지지 않은 그곳에서 종일 일하셨다.

가끔 엄마가 가져다주는 불량품 옷이나 재고물품들은 선물과도 같은 거였고, 완성품을 점검하는 일을 할 때 지금의 나처럼 매의 눈으로 불량품을 찾아내는 엄마의 기술을 자랑스럽게 여기기도 했다.

드륵… 드륵… 여전히 그곳에서 들리는 미싱 소리…

아직도 그 누군가는 해가 들지도 않는 그곳에서 먼지를 마시며 자신의 고단한 삶의 하루를 보내고 있으리라.

노동자들이 인간답게 일하고 대접받는 환경을 만들어 주는 길은 아직 먼 나라 이야기인 걸까?

그들에게 아름다운 꽃향기가 가득한 정원을 선물해 주고 싶다.

각인

각인: 어떤 사람이나 느낌이 머릿속이나 마음속에 깊이 새겨져 뚜렷하게 기억되는 것을 의미한다.

식당에서 밥을 먹는데 주인아저씨가 틀어놓은 6070음악 중 어느 곡에서 나는 밥을 먹다 말고 그 곡이 마치 나의 곡인 양 처음부터 끝까지 따라 부르고 있었다.

"발길을 돌리려고 바람 부는 대로 걸어도 돌아서지 않는 것은 미련인가 아쉬움인가.
가슴에 이 가슴에 심어 준 그 사랑이 이다지도 깊은 줄은 난 정말 몰랐었네. 아아아아… 진정 난 몰랐었네에"

가사를 검색해 보니 1978년에 발표된 최병걸의 「진정 난 몰랐었네」라는 곡이었다.

TV가 귀하던 그 시절 아마도 할아버지나 아빠가 카세트테잎을 틀어놓고 3, 4살쯤 되었을 내가 흥얼거리는 게 신기해서 칭찬해 주며 가르치던 노래.

종종 동네 어르신들 앞에서 노래를 부르고 난 후 들리는 박수와
환호소리가 나를 우쭐하게 만들던 노래.
얼마나 많이 불렀으면 가사를 하나도 틀리지 않고 그 멜로디 그대로
따라 부르고 있으니…
아련하지만 내 기억에 각인되어 있는 추억,
지금보니 4살 아이가 즐겨 부르기엔 가사가 무척 구슬프다.
그래서 그런가!
40살이 넘은 지금도 영화나 동화 속에 나오는 아름다운 사랑에 가슴
뛰고 그런 사랑을 꿈꾸는 걸 보니…

정말 어릴 때 무엇을 보고 듣고 배우는지가 정말 중요함을…

진정 난 몰랐었네!

1-3
메추리알 속 추억이야기

아이들과 메추리알조림을 위해 70개의 메추리알 껍질을 깠다.

옹기종기 모여 혹여나 노른자가 보이는 사태가 벌어지지 않게 하기 위해 매우 조심해서 보물 다루듯 살살 껍질을 벗기는 아이들과 나.

아이들에게 가족들을 위하는 일은 이렇게 노력과 사랑이 들어가야 한다며 권위 있는 엄마처럼 이야기하다 문득 옛 기억이 떠올랐다.

옛날 한 장 한 장 정성스레 구운 김 위에 기름 바르고 소금 솔솔 뿌리던 그때…

밀가루 반죽 후 작게 잘라 밀대로 동그랗게 만두피를 만들고 만두속을 넣어 하나씩 손으로 빚었던 그때…

그렇게 오랜 시간 공들인 사랑을 먹고 자랐던 그 기억.

그래서일까?

지금도 손만두 전문점이나 재래시장에서 비록 기계지만 한 장 한 장 주인이 굽는 김을 사게 되는 것도 그때의 사랑이 그리워서겠지! 추억이 그리워서겠지!

3분 즉석 냉동식품에 길들여진 요즘 우린 무얼 먹고 있는 걸까!

1-4
동심

어릴 적 시골에서 자란 나는 봄이면 어김없이 버들강아지를 꺾어 꽃병에

넣고선 종일 지켜보고 있었다.

어른들이 말했다.

잘 키우면 강아지가 나온다고…

번번히 실패로 돌아가서 속상해하곤 했는데,

어른이 훌쩍 되어 버린 지금도 봄이면 그때 생각이 아련하게 떠오른다.

사실을 부정하고 그때 그 생각 그대로 간직하고 싶은 마음…

엄마의 밥상

부대찌개가 맛있게 끓여졌다.

스팸, 햄, 돼지고기, 두부, 호박이 멸치육수와 어우러져 모처럼 맛있게 끓여졌다.

엄마는 자신의 국을 뜨려고 국자를 들었다.

한참을 뒤적인다.

고기는 첫째가 좋아하는 건데…

햄과 소시지는 둘째가 좋아하는 건데…

두부는 셋째가 좋아하는 건데…

엄마는 한참을 뒤적거리다 햄 하나, 고기 한 점, 두부 하나와 호박, 파를 건져 낸다.

멀건 국물만 있는 엄마의 밥상…

이내 가족들이 밥 먹을 때 엄마의 국자엔 힘이 들어간다.

국그릇 한가득 건더기를 가득 담아 내놓는다.

사랑을 내놓는다.

"엄마의 밥상"

2018. 2. 4.
어머니

1-6
옛집

내가 초등학교 때부터 중학교 때까지 살던 월곡동의 집.
얼마 전 남동생이 다녀왔다며 보내 온 사진 속 그곳은 세월이 이렇게
많이 흘렀는데도 그대로였다.

작은 셋방. 방 하나에 작은 부엌. 화장실은 주인집 대문으로 들어가야만
하는 그 집…
그래도 작은 다락방은 사춘기 딸을 위한 나만의 공간이었다. 겨우 한
사람 누우면 꽉 차는 그 공간에서 나는 라디오를 듣고, 책을 읽고, 공부를
하고, 작은 창에 비치는 골목길 풍경들을 바라보면서 꿈을 키웠다.

학교 갔다 오면 이 골목 저 골목을 뛰어다니며 동네 아이들과 다방구를
하던 그때…
가난한 게 창피해서 누가 볼까 봐 긴 골목을 세심하게 살피며 얼른
현관문을 열고 후다닥 들어갔던 그때…
방에서 동생과 싸우다가도 엄마가 부엌에서 빗자루 들고 방으로
들어오는 소리가 나면 그 순간 서로 같은 편이 되어 이불 밑에 숨던
그때…

겨울이면 따뜻한 이불 밑에 둘러 앉아 시장에서 산 호박엿을 맛있게
나눠 먹던 그때…

그때의 가난함은 나에게 세상에 소외되거나 우리가 소외시키는
사람들을 위한 삶을 살아야겠다는 꿈을 갖게 해 주었고, 수줍음이 많은
내가 남을 돕는 일엔 앞장서서 나설 수 있도록 용기를 주는 원동력이
되었다.

아직도 세상 어딘가에 있을 어려운 이들을 위해 오늘도 기도해 본다.
가난은 부끄러운 게 아니라고…
가난한 것은 당신 잘못이 아니라고…
힘내라고…

"시골"

2018. 2
여저ㄴ

1-7
시골

경북 봉화군 봉화읍 유곡3리.

내 어릴 적 우리 할머니댁 주소다.

방학이면 직장 다니는 엄마 때문에 한달 동안 할머니댁으로 강제

징집되다시피 시골집에 머물러야 했다.

풍족하지 않았던 그 시절… 할머니는 하나뿐인 손녀딸을 위해 소쿠리에

쌀을 한가득 담아 머리에 이고 장에 가신다.

그러곤 시장 한켠에 자릴 잡으시고 종일 쌀을 팔았다.

철없던 나는 그런 할머니가 창피해 멀찍이 떨어져 숨어 있었는데…

어렵게 쌀 판 돈은 손녀딸의 예쁜 옷값으로 금새 자취를 감춰 버렸다.

하지만 고마움보단 창피함이 앞서 종일 입이 뿌루퉁해져 있었던 나.

30년도 더 된 그 추억이 아직도 예전 모습 그대로 간직하고 있는 그

시골길을 마주할 때마다 떠오르는 건 돌아가신 할머니의 사랑이 몹시도

그리운 거겠지.

그때 고맙다고 따뜻한 말 한마디 건네지 못한 아쉬움이겠지.

1-8
오리배

때는 바야흐로 10여 년 즈음으로 거슬러 올라간다.

주말마다 아이들을 데리고 여기저기 여행을 자주 갔었는데…

마이산이었던 것 같다. 산 입구 작은 호수 위에 띄워진 오리배…

첫째는 6살, 둘째는 5살, 셋째는 2살이었을 때…

구명조끼를 하나씩 받아 입고 차례로 배에 오른 우리 가족.

마지막에 남편이 오리배에 오르는 순간.

본인이 아기를 출산한 사람처럼 애 셋을 낳는 동안 몸이 점점

불어나더니 급기야 몸무게가 최고 절정이었던 그때의 남편이었으니…

남편이 배에 오르자 그림처럼 저렇게 됐다.

기우뚱! 기우뚱!

아이들 중 예민한 둘째는 오리배를 타는 내내 공포에 떨며 울었고…

그 후로 둘째는 출렁출렁한 느낌이 싫어 롤러코스터같은 놀이기구도 못

타고,

"오리배"

2018. 5. 예지니

심지어 물컹거리는 버섯, 바나나 등의 음식도 멀리한다는…
어릴 적 아이들이 어떤 것을 경험하는가가 일생을 좌우한다.
혹시 당신은 당신 자녀에게 가르친다는 이름 아래
"너 자꾸 공부 안 하면 귀신이 잡아간다!"라든지…
"너 그런 행동하면 바보인거야."라는 말을 하는지…
아님 어린 아이가 속아 넘어가는 게 귀엽다고 생각해 아이를 계속
놀리며 울리지는 않는지…

그럴 때마다 아이들은 세상은 어렵고 힘든 곳이라고 생각한다.
그래서 점점 자기 자신을 초라하게 바라보게 된다.

아이들에게 빛나는 경험만 주자.
아이들에게 아름다운 언어를 경험하게 해 주자.
그냥 너 자체로 아름답다고…

그후로 우린 더 이상 오리배를 타지 못했다.

1-9
삶의 무게

어릴 적 시골집 툇마루에 앉아 있다 보면 물지게를 지고 가는
동네언니가 있었다.
어린 맘에 그 지게의 무거움보단 나도 저런 거 해 보고 싶다는 맘이
컸었는데…
이제 중년이 된 나는 시간이 지날수록 어릴 적 철없던 행동들이 무거운
물지게처럼 느껴지는 때가 있다.

5살 때 혼자 노는 쓸쓸함과 외로움을 달래기 위해 잠자리를 잡아
잔인하게 머리 떼고 날개 떼어 소꿉놀이하며 놀던 날이…

10살 때 단칸방 친구집에서 눈 가리고 귀신잡기놀이하다 잘 익으라고
방구석에 놓아 둔 깍두기 항아리를 깨 버린 날이…

12살 때 이모가 낮잠 자는 틈에 몰래 지갑에서 만원을 훔쳐다가
문방구로 직행해 맘껏 쇼핑했던 날이…

15살 때 같은 반 친구가 처음 입고 온 귀한 오리털파카를 실수로 찢어 버려 혼나고 변상해 주어야 했던 날이…

한때의 철없음이 시간이 지날수록 무겁게 느껴지는 건 들풀 하나, 작은 벌레 하나조차도 얼마나 많은 기다림과 신비함을 거쳐 태어난다는 것을 알아 버렸고…

어려운 살림에도 식구들을 위해 정성스레 음식을 했을 그 엄마의 맘을 알아 버렸고…

돈을 벌기 위해 하루 아니 몇 시간 동안 땀을 흘리고 노력을 해야함을 알아 버렸고…

나 자신보다 내 자식을 위해서 더 좋은 옷, 더 좋은 음식을 먼저 내어 주는 그런 바보엄마의 맘을 알아 버렸고…

알아 버린 만큼 그 무거움도 크다.

적어도 나의 삶의 무게는 그랬다.

1-10
홍시

이웃집 어르신이 잠시 이리 와 보란다.
데크로 가시더니 잘 익은 홍시를 건네주신다.
빨갛게 익은 물컹한 홍시를 한입 베어 무는 순간…
울컥하며 눈가에 눈물이 맺혔다.

시골집 앞에 있던 커다란 감나무 한 그루…
어느 가을날 그 나무 아래 5살짜리 꼬마와 그런 손녀딸을 무척 아낀
할아버지.
할아버지는 다른 손주들 볼까 봐 얼른 잘 익은 홍시 하나를 따서 내게
건네주신다.
입가에 묻히며 잘 먹는 나를 하염없이 사랑스럽게 바라봐 주던
할아버지.

고작 이웃이 건넨 홍시 하나가
누군가에게는 추억이고,
누군가에게는 사랑이고,

누군가에게는 그리움으로 그렇게 다가온다.

오늘따라 유난히 하늘나라에 계신 할아버지가 더 그립다.

그깟 홍시 하나가…

" 할미꽃 "

2018. 4.   예지ㄴ

1-11
할미꽃

할미꽃은 허리가 휜 모습도 그렇지만 꽃의 하얀 털 때문에 할머니같다고
해서 할미꽃이라고 그런대.
할미꽃이 시간이 지나면 점점 허리가 꼿꼿해지면서 머리가 히피족처럼
변하는 거 알고 있니?
마치 영화「벤자민 버튼의 시간은 거꾸로 간다」처럼 시간이 갈수록
젊어지는거지.

아마도 할미꽃의 시간은 그렇게 거꾸로 가나 봐.
근데 우리만 모르고 있을지도 몰라.
점점 늙어 가는 우리가 할미꽃이 젊어지는 게 질투가 나서 모르는
척하는 것일수도…

1-12
치매

내 이름은 권예진이다. 그 옛날 할아버지가 집안의 첫 손녀딸에게

지어 준 예쁜 이름…

이 이름을 경상도 사투리로 부르면 이름이 변형된다.

"야갸 누구로! 예지라!"

"아이고 예지가 어떻게 왔노! 야들아."

치매를 앓고 있는 90살의 외할머니는 나를 아직은 알아보고 내 이름을

얘기하신다.

외할머니는 요양병원에서 같은 방을 쓰는 다른 할머니를 자기

자식이라면서 당신 것을 다 내어 주며 살뜰하게 챙겨 주기도 하고, 집에

도둑이 들어 물건을 다 훔쳐갔다며 눈물을 훔치면서 계속 했던 얘길 또

하고 또 하고…

치매에 걸린 외할머니가 붙잡고 있는 이 기억들은 무엇일까?

자식을 11명 낳고 먼저 어린 자식 두 명을 저세상에 보내면서 남은

자식들은 외할머니의 삶을 지탱해 주는 끈이었을 것이다.

어려운 시절 많은 자식들을 챙기면서 집을 보호하기 위해 치열하게

살았던 기억이 도둑의 이야기로 다시 외할머니의 기억을 지배하고 있을

것이다.

외할머니와 예쁘게 뽀샵해 주는 어플로 함께 사진을 찍어 본다.

사진 속 할머니는 주름살도 없고 곱게 화장도 하고, 이쁜 장식도 하고 있다.

"와 줘서 고맙대이⋯ 예지야! 잘가래이⋯"

내 두 손 꼭 잡으며 외할머니가 불러주는 내 이름⋯

오래오래 듣고 싶다.

1-13
삼만 원

중학교 3학년 때, 나는 친구들과 선생님의 만류에도 불구하고 상업
고등학교를 가겠다고 결정한다.
이유는 부모님께 효도하기 위해…
어려운 살림에 대학을 간다고 하는 게 사치 같아 집에다가도 상고를
가겠다고 통보해 버린다.

담임 선생님과 엄마와의 면담 날,
엄마는 원서를 잘 써 달라며 출석부 밑으로
돈 삼만 원이 든 봉투를 건넨다.

몇 시간 아니 며칠을 공장에서 일해서 번 돈 삼만 원.
엄마는 그렇게라도 부모노릇을 하고 있었다.
일찍 어른이 되어 버린 딸을 위해…

중년이 된 나는 이제서야 자식노릇을 한다.
텃밭일 좀 해 달라고…
내가 좋아하는 굴전 해 달라고…

이것저것 도와 달라고 어린 아이처럼 조른다.

사랑하는 부모님께 효도하기 위해⋯

1-14
증거 보존의 법칙

지금부터 여러분이 읽은 이 이야기는 아마도 믿기 어려울 수도 있다.
또는 부정해 버리거나, 조작이라고 말할 수도 있겠다.
그렇지만 모두 믿어야 한다.
나는 사실만 말할 것을 맹세한다.

나는 남자들에게 인기가 엄청 많았다.
(벌써부터 피식 웃으며 고개를 저으면 안 된다. 누차 얘기하지만 믿어야
한다.)
얼굴이 그리 예쁜 건 아니지만 아마도 잘 웃는 모습이 매력이었던 것
같다.

중학교 때 내가 첫사랑이라며 윤상 테잎을 주고 밥 한 번 같이 먹자며
조르던 아이.
남녀공학이던 중학교 시절 내가 지나가면 창문에 붙어 지켜보던
남학생들이 꽤 있었다.

고등학교 때는 더 절정이었다.

학교까지 한 시간 가량 버스를 타고 가는 동안 늘 학생들로 가득했던
만원버스에서 내리면 가방 안에는 몰래 넣어 둔 고백의 쪽지나 초콜릿이
가득했었고,
학원 끝나고 버스 기다리는데 드라마처럼 갑작스런 소나기에 옆에
있던 남학생이 우산을 씌워 주며 친구하고 싶다고 고백한 후 3년 내내
쫓아다녔고,
한 살 연하의 아이가 집 앞에서 누나를 첫눈에 보고 반해서 쫓아왔다며
아침마다 집 앞에서 기다렸고,
화이트데이에 별 천 개를 접어 수줍게 병을 건네며 고백하던 교회 친구.
학교밴드부에 있던 어떤 아이는 나를 위한 노래를 불러 주었고, 내가
싫다고 하자 무릎 꿇으며 제발 만나 달라고 애원하기도 하고…

학교를 졸업하고 20대 직장에 들어갔을 땐 더했다.
어떻게든 나를 만나려고 우리 부서 회식에 우연을 가장하여 매번
참석했던 다른 부서 직원.
회사 복도를 지날 때 수줍게 라이온킹 음반 테잎을 건네며 사귀고
싶다던 회사 동료.
지하철에서 내릴 때 마주 앉아 있던 남자가 같이 내리며 연락처를 알려
달라고 하고…
이외에도 정말 많은 사람들이 있었다.

그런데

지금 그 얘길 하면 아무도 믿질 않는다.

가족들마저도 내가 봤던 드라마 이야기하는 줄 안다.

아! 나의 화려했던 그 시절…

문제는 연애편지나 쪽지가 하나도 남아 있지 않다는 것이다.

세월이 지나도 증거가 없어 그 사실을 증명할 수 없는 이 현실…

아무도 내 말을 믿어 주지 않는 이 현실…

모양이 바뀌어도 질량이 변하지 않는 질량보존의 법칙처럼 증거가
없어도 내 현재의 모습이 증거가 되는 증거보존의 법칙이 있어야 하는
건 아닌지!

오늘도 나는 이선희 노래를 목청껏 크게 불러 본다.

"아! 옛날이여어…! 지난 시절 다시 올 수 없나! 그날! 그날이여…"

증거 보존의 법칙

고3

고등시절

축제때

20살

2018. 7.
예기ㄴ

1-15
번데기와 곰돌이 젤리의 상관관계

어느 식당에 반찬으로 나온 번데기.
하나씩 젓가락으로 맛나게 먹는 나를 이상하게 쳐다보는 아이들.

그 옛날 나의 초등학교, 아니 국민학교는 시장길을 지나는 곳에 있었다.
매일매일 하교길에 친구들과 사 먹었던 맛있는 간식.
작은 리어카 솥에 가득 담겨 있던 번데기.
100원 내면 꼬깔 모양의 하얀 종이에 담아 주던 번데기.
이쑤시개로 하나씩 하나씩 아껴 먹던 번데기.

내가 지금 먹는 번데기는 말야.
네가 먹는 곰돌이 젤리 같은 거야.
처음부터 그렇게 생긴 간식.

행여나 이 글을 읽는 당신이 호기심이 발동해 살아 있는 번데기 사진을
보낸다거나,
그게 원래 무슨 곤충의 무엇이라는 둥의 얘기를 하지 말길 부탁한다.

그 작은 만행이 누군가의 맛난 기호식품을 잃게 하는 행위일지니…

내겐 번데기가 곰돌이 젤리다.

Part 2

너와 내가 함께하다

"나무의 기다림"

2018. 2. 8
예지ㄴ

2-1
나무의 기다림

혹독하고 매서운 추위가 지루하게 길어질 즈음,

바짝 말라 버린 나무는 오늘도 꿈꾸고 있을 거예요.

따뜻한 날이 오면 작년보다 더 성장해 있을 자신의 멋진 모습을요.

그 꿈을 그리며 오늘도 그렇게 추위를 견뎌 내고 있어요.

당신도 그래요.

어렵고 힘든 지금을 견뎌 낸다면,

한뼘 자라 있는 당신이 있을 거예요.

나는 그런 당신의 모습이 벌써부터 아름다워요.

2-2
고독사

2018년 4월 5일 기사.

서울에서 사망한 지 3개월 만에 발견된 58세의 남자.

가족과 이혼하고 직장도 잃고 혼자 외롭게 살았던 그 사람.

그가 크리스마스 즈음 먹었던 마지막 음식 짬뽕 한 그릇.

그는 그렇게 작은 창으로 찾아든 햇볕을 벗 삼아 최후의 만찬을

했을지도…

사방이 시멘트로 막힌 우리들의 집,

차가움과 육중함의 무게에 쉽게 말 걸 용기조차 나지 않는 현관의

철문들…

빈틈없는 그 속에서 누군가는 외로움에 울부짖고 있을 오늘…

서로에게 틈을 내어 주자.

너의 향기가 들어오게…

나의 향기가 네게 전해지게…

2018. 4. 여지ㄴ

정없음에 관하여

"정없음에 관하여"

3,000

5,000

5,000

2018. 8. 예지니

내가 살고 있는 충북 영동은 과일의 고장이다.

봄부터 곶감이 만들어지는 초겨울까지 복숭아, 자두, 포도, 블루베리, 감

등등… 신선한 과일을 맘껏 먹을 수 있다.

20년간 포도농사를 지으신 어르신께 농사짓는 걸 여쭤 봤다가 도무지

너무 복잡해서 여기에는 기록할 수가 없다.

대충 생각나는 건,

이른 봄 비료를 어떻게 주느냐에 따라 나무가 다르고,

포도 순을 일일이 따주어야 하고,

알이 맺히면 솎아 줘야 하고,

봉지를 씌우고 잘 익었는지 일일이 확인해야 하고,

더운 여름 출하를 위해 하나하나 예쁘게 다듬어서 상자에 넣어야 하고,

여기에 하늘의 도움도 있어야만 맛있는 포도를 맛볼 수 있단다.

손 마디마디 검게 그을린 어르신은 말한다.

포도농사는 자식 다음이라고… 자신의 인생이라고…

우린 가끔 너무 아무렇지도 않게 과일을 사면서 덤으로 몇 개 더

달라거나, 값을 깎는다.

그것만 기억하자.

그건 누군가의 땀방울이고…

그건 누군가의 인생의 한자락이라는 것을…

그러니 과일, 아니 농산물을 살 땐 조금 정이 없어도 된다.

제값 주고 값지게 사자.

2-4
나비잠

쌕… 쌕…

뿌득뿌득…

씨익…

새벽녘 곁에서 잠든 네 소리에 귀 기울여 본다.

들숨과 날숨이 쉬지 않고 드나들고,

입술에 힘을 주어 이가 부딪치기도 하고,

무슨 즐거운 일이 있는지 미소도 짓고,

어둠 속에서도 다 느껴져.

나도 모르게 네 얼굴과 머리카락을 정성스레 쓰다듬는구나.

어떤 날은 꿈에서 어떤 질문을 받았는지 한 손을 들고 자고,

어떤 날은 정말 기쁜 일이 있는지 만세를 밤새 외치느라 두 팔을 위로

들고 자고,

매일매일 난 그렇게 너를 훔쳐봐.

근데 딸아! 자면서 다리만은 가만히 두었으면 좋겠어.

가끔씩 내 배 위로 날아드는 너의 다리가,

마치 내 삶의 무게같이 느껴져 깜짝 놀랄 때가 있으니까 말야.

2-5
대화

대화: 서로 마주하여 이야기를 주고받음.

"대화"

2018. 2
예지ㄴ

혼자 부산바다를 걷던 날, 잠시
벤치에 앉아 쉬는 동안 나도
모르게 다른 사람들의 대화에 귀를
기울인다.

A여자: "여보 여기 풍경 너무
멋지다. 우리 사진 한 번 찍고 가자."
A여자의 남편: "뭘 찍어? 그냥 가!"

B여자: "저 절벽 밑에 내려가면
멋지겠다. 그치만 난 내려가는 게
너무 무서울 것 같아."
B여자의 남자친구: "뭐가 무서워! 따라와. 저게 뭐 무섭다고…"

그들은 언뜻 보면 서로 마주하며 이야기하고 있지만

그냥 자기 말만 한다.

다른 사람 이야기에 귀 기울일 줄도 모르고…

상대방의 맘을 헤아릴 줄도 모르고…

그냥 자기 말만 하고 있다.

오늘 당신은 타인과 말을 하고 있는가? 아니면 대화를 하고 있는가?

2018. 3. 예지

2-6
마지막 바람

고속도로 운전을 많이 하는 저는 가끔 운전 중에 기도를 할 때가 있어요.
목적지가 도살장인 트럭들… 그 안에 비좁게 서 있는 소, 돼지, 닭들…
그들은 지금 어떤 생각들을 하고 있을까요?
난생 처음 맞아 보는 바람을 신기한 듯 눈을 감고 음미하고 있을까요!
낯선 모험의 세계로 이 트럭이 데려다 줄지도 모른다는 바람으로 들떠
있을까요!
이 모든 게 마지막 바람인 것을…

난 오늘도 기도해요.
부디 다음 생엔 편안히 오래 지낼 수 있길.
너희의 희생으로 건강히 잘 지낼 수 있음에 고맙다고…

2-7
봄 동무들

봄을 느끼는 시간은 꽃들의 향기를 통해서도 알 수 있지만, 곤충과
동물들이 자주 출몰하는 것으로도 봄이구나를 알 수 있지요.

산책길에 만난 아기 도롱뇽은 갑자기 나타난 거인같은 내 그림자에 놀라
아스팔트 길 한가운데서 죽은 척하며 눈만 껌뻑이고 있고…

북실한 털에 손마디만한 굵기의 송충이는 느릿느릿 워킹연습에
한창이고…

연못의 아기 올챙이들은 하늘빛의 변화를 보며 춤추느라 분주하고…

개구리 왕자는 이제 곧 올 여름장마를 대비해 목소리를 가다듬으며
발성연습 중이고…

우리 집에 자주 출몰하는 돈벌레는 스텝 꼬이지 않게 그 많은 다리로
오늘도 재빠르게 나를 피해 숨어 다니고…

화장실 벽에 나타난 커다란 거미에게 물속 여행시켜 준다고 꼬셔 재빨리
변기 속으로 빠뜨리는 재치까지 발휘하고…

서로 다른 색깔의 아기 고양이들이 한데 얽혀 세상 모르게 낮잠을 곤히
자고 있는 봄…

봄… 봄… 봄이 왔어요.

2-8

부고

아침에 낯선 번호의 문자를 받았다.

"부고. *** 집사님이 오늘 새벽…"

문자에 적힌 이름을 한참 보며 누군지 생각해내야 했다.

난 그녀의 이름만 알고 있었던 거다.

설마하며 그녀의 흔적들을 찾았다.

오랜 시간 연락이 없다가 이렇게 갑작스런 소식을 전해오다니…

슬픔에 가슴이 저려온다.

그녀와 못다 한 이야기가…

그녀와 못다 한 추억의 아쉬움이 겹겹이 쌓여 그 무게를 견디지 못하고

슬픔은 그렇게 밑으로 밑으로 흘러내렸다.

"상실"

2018. 3. 메리나

2-9
상실

가장 소중한 사람을 잃는다는 건 말야.

아마도 자신의 반쪽이 텅 비어 버린 느낌일거다.

그렇기에 누구도 이젠 그를 잊어버릴 때도 되었다느니…

이젠 그의 이야길 듣는 것도 지겹다느니…

그런 말을 해선 안 된다.

사랑이 컸다면 그만큼 채워지는 데 시간이 걸리는 거니깐…

나의 반쪽이 채워지는 시간은 그 사람에 대한 사랑과 비례하는 건

아닐까?

2-10
생태다리

슈퍼문이 떠오르던 그날…

밤 12시. 늦은 퇴근길.

황간ic를 나와 집까지 가는 3키로미터 지점엔 가로등이 없다.

난 핸들을 꽉 쥐며 잦은 고속도로 운전에 피곤한 기색이 역력한 내 차의

라이트를 깨우듯 위아래로 움직이면서 조심스레 악셀레이터를 밟는다.

후다닥…

저기 어둠 속에서 달빛을 후레쉬 삼아 무언가 스쳐간다.

놀라서 차를 멈춰 세운다.

너구리다.

길 건너편 강으로 물을 마시기 위해 도로를 빠르게 지나가는 것이다.

휴, 안도의 한숨을 내쉬며 잘 지나갈 수 있게 불빛을 비춰 준다.

고속도로 운전이 잦은 나는 로드킬 되는 동물들을 거의 매일 보는 것

같다.

간혹 어떤 동물은 무슨 동물이었는지도 알 수 없게 형태도 남아 있지

않다.

인간은 강제로 그들의 영역을 빼앗고 편리한 대로 가공해 놓고 그

미안함을 생색내듯 인공적인 생태다리를 만들어 놓는다.

그렇지만 글을 모르는 동물들은 오늘도 물 한 모금 마시기 위해 목숨을
건다.
그러니 부디 늦은 밤길을 갈 때도 살살 가자. 제발.

2-11
독수리 자매

가끔 길을 걷다가 깜짝깜짝 놀란다.

아침 운동하시는 우리의 어머니들.

똑같은 머리스타일… 똑같은 썬캡… 똑같은 마스크…

자신의 정체를 철저히 가리고선 거리를 걷는다.

어쩌면 내가 원더우먼으로 진화하듯 어머니들도 독수리 5자매로 진화한

걸까!

그래서 아직 이 지구가 외계인으로부터 침공을 안 당하는 것일수도…

독수리 5자매는 오늘도 지구를 지킨다.

어린시절 지구는 독수리 5형제가 지켜 주는 줄 알았는데… 독수리 5형제들은

아직도 잘 지내고 있겠지?

"독수리 자매"

2018. 4. 예지ㄴ

둥지

잘 빠진 도로 옆 큰 나무에 지어 놓은 새 둥지는 새들 세계에서는

펜트하우스일까? 판잣집일까?

오랫동안 질문의 답을 찾지 못하다가 최근 숲 해설가인 분에게서 답을

찾았다.

새 둥지는 적에게 노출이 안 되고, 안전한 곳에 만들어야 하는데 어쩔 수

없으니 그리한다고…

인간의 기준으로 보면 전망 좋고 교통 좋은 곳에 자리 잡아 좋은 둥지일

것 같은데…

집이라는 곳이 어느덧 어디에 살고, 몇 평인지, 집값이 얼마인지에 따라

집의 가치가 매겨지는 지금.

우리 가족들이 아늑하고 따뜻하게 머물 수 있는 곳인지,

서로의 마음이 느껴지는 곳인지,

집 안의 온기에 조금 더 신경 써야 하는 건 아닐까!

2-13
황간역

황간으로 이사 온 지 얼마되지 않아 모든 것이 낯설었던 어느날, 이른

아침 기차시간을 맞추느라 역에 가서 자판기 커피를 뽑아 마시기로

하고선 집을 나섰다.

늘 아침마다 믹스커피 한잔으로 하루를 시작하던 때였는데, 황간역엔

아무리 찾아봐도 자판기가 없었다.

마침 역장님께 자판기 여부를 묻고는 없다는 대답에 아쉬운 표정을

지으려는 순간, 창구 너머로 김이 모락모락 나는 커피 한잔이 쑥 나왔다.

종이컵도 아닌 예쁜 커피잔에 담긴 믹스커피…

황간역의 풍경과 어우러져 기차를 기다리는 내내 행복해하며 마셨던

커피.

요즘도 가끔 그때의 따스하고 달달한 커피가 생각난다.

향기

마음이 통한다는 건 무엇일까?
그건 각자의 향기를 서로에게 보내고,
그 향기를 한가득 받고선 느끼는 거야.

나의 향기와
너의 향기가 어우러지면서 나는 새롭고 신선한 향기

오늘도 나는 너의 아름다운 날갯짓으로 뿜어 나오는 그 향기를 느껴.

너만의 향기
또 나만의 향기
우리들의 향기
그립다.

" 향기 "

2018. 4. 예지ㄴ

주먹밥

그날의 그 주먹밥은 눈물이었을 것이다.

아픔과 고통을 함께하려는 어머니들의 피눈물…

덩그런 양푼만 남은 그곳에서 그렇게 아픔이 전해져왔다.

다시는 이런 일이 없기를…

아닌 것을 아니라고,

잘못된 것을 잘못되었다고,

당당하게 말할 수 있는 그런 때이길…

5.18 기록관에서 주먹밥을 해서 나르던 커다란 양푼 앞에 머문 나…

피카소의 「우는 여인」을 조금 각색해 봤다.

2-16
박스의 무게

사람들로 붐비던 토요일 오후 평택역 대합실.

전동휠체어를 탄 그는 한쪽 몸이 마비된 듯 상반신을 움직이는 것도
무척 힘들어 보였다.

아주 천천히 불편한 손으로 무언가를 열심히 접고 있는 그 사람.

작은 박스 하나.

그는 상점에서 얻은 박스를 가져가기 쉽게 하기 위해 불편한 몸으로
박스에 붙은 테잎을 떼고 가지런히 펼친 후 두 번 접어 휠체어 옆에
끼운다.

그의 몸짓은 느리지만 마치 숭고한 의식을 치르듯 결연해 보이기까지
했다.

언제부터인가 작은 박스 하나는,

누군가에게는 장 본 물건을 담을 수 있는 장바구니로…

누군가에게는 지하철 바닥의 찬 기운을 막아 주는 이불로…

누군가에게는 자신의 절박한 생을 유지하기 위한 가장 최소함으로…

우리 삶속에 깊숙이 들어와 있다.

커피 한잔하며 인터넷 신문기사를 살피다 이 글에서 멈칫한다.

'4,100원의 스○벅스 아메리카노 커피와 12시간 종일 무거운 리어카를

끌며 모은 폐지의 값이 같다'는 신문 기사…

오늘따라 커피맛이 더 쓰다.

"박스의 무게"

2018. 3. 여지ㄴ

만약에 말야

만약에 말야

그 순간에 날개가 돋았더라면

그 순간에 시간이 멈췄더라면

그랬더라면… 그랬더라면…

얼마나 무서웠을까?

얼마나 원망했을까?

얼마나 울었을까?

둘은 마지막까지 손을 놓지 못했을 거다.

이제 더 이상 입시로… 성적으로…
아이들을 옥상으로 내몰지 말자.

제발, 아이들이 숨쉬며 살아가게 그냥 두자.

지켜주지 못해 미안해…
부끄러운 어른이…

오늘 하루 나는 여고생 동반투신 기사를 접하였고,
성적으로 줄 세우는 인문계 고등학교의 회색빛 교실에서 웃을 힘조차
없는 아이들을 위해 시험감독을 했고,
한반 정원이 16명으로 구성되어 토론식 수업을 하고 자기가 관심 있는
분야에 대해 논문을 쓰고 자유복장을 하며 편하고 즐겁게 생활하는 과학
고등학교에 가서 워크샵을 하고 왔다.
소수의 아이들에게 특권처럼 주어지는 학생의 자유로움…

교육이 무엇인가에 대해, 학교가 무엇인가에 대해 다시 질문해 볼
때이다.

2-18
프란체스

그의 이름은 프란체스… 산티아고 순례길에서 만난 프랑스인이다.
나이는 물어보지 않았지만 손주가 있는 걸 보면 할아버지다.

그는 며칠 전 무리해서 걸은 탓에 다리가 붓고 통증이 있는데도, 처음
만났지만, 몸살기운에 누워있는 나를 위해 레몬차를 타 주고, 자신이
만든 스프를 갖다주기까지 했다.
그렇게 우린 서로 서툰 영어와 번역기로 마음을 나누고 함께했다.

순례길에서 만난 모든 인연들이 선물이고, 천사임을 이제서야 더
가슴으로 느낀다.

내 일상을 함께 하던 나의 가족, 친구들도 내 삶에서 모두 천사였음을…

그의 마음 덕분에 가슴이 찡한 날이었다.
그를 위한 그림을 그리고, 그에게 친필 싸인을 부탁했다.
오래오래 그 따스함을 기억하려고…

2-19

믿음

서울에 7살 때 상경해 큰아이 초등학교 들어갈 때까지 살았으니 20년은
넘게 살았나 보다.

그런 다음 동탄에서 7년 살고,

이곳 황간으로 온 지 7년차···

모처럼 고등학교 친구들과 서울 대학로에서 만나 수다 떨고 기차시간
맞추려고 부랴부랴 작별인사를 할 때,

혜화역 개찰구를 사이에 두고 친구에게 묻는다.

나: "넌 어디로 가?"

친구 1: "의정부."

나: "그럼 넌 당고개 방향 전철 타면 되겠네."

또 다른 친구에게 묻는다.

나: "넌 어디로 가?"

친구 2: "응, 난 동대문역사문화공원에서 갈아타야 해."

나: "그럼 너희 둘 같은 방향으로 가면 되겠네. 난 서울역 가야 하니
이쪽으로 갈게. 잘 가. "

우린 작별인사를 한 후 멀어질 때까지 손을 흔들고 각자의 개찰구로 들어가 헤어졌다.

플랫폼에서 전철을 기다리는 동안 낯익은 글자가 눈에 들어온다. 혜화 다음 동대문 다음 동대문역사문화공원… 헉!

난 이제 지하철노선이 내 머릿속에 더 이상 저장되어 있지 않다는 사실을 잊은 채, 친구를 반대 방향 지하철로 보내 버렸다.

결국 그 친구는 수다 떨다가 두 정거장 더 가서야 잘못탄 것을 알고 다시 내려 반대 방향 지하철을 탔다는…

그 친구가 말한다.
"예진아, 난 네 말이라면 뭐든지 다 믿어. 네가 뭐라든지 말야."
나를 온전히 믿고 따라 주는 친구…
나에겐 그런 친구가 있다.
그리고 난 더 이상 서울사람이 아니다. 시골 아지매다.

2-20

정상회담

아마도 39살 때부터였지요.

이제 더 이상 아이들이 밤마다 나를 찾지 않을 거라는 확신이 생기고,

그때까지 엄마 역할이라는 울타리 속에 아이들이 들어와있다고

생각했는데, 사실은 나 스스로 아이들을 놓아 주지 않고 있었음을

깨달았을 무렵,

(아마도 아이들은 그 이전부터 엄마를 떠나 독립하였을지도 모르겠다.)

이제 나를 위한 혼자만의 시간을 내게 선물하고 싶었지요.

39살에 일주일 여정으로 DMZ걷기캠프에 참가하는 것을 시작으로,

41살에는 무계획으로 제주도 가서 혼자 올레길을 걸었고,

42살에는 3박 4일 동안 제주도 올레길을 걸으면서 올레길 표식마다

세월호 노란 리본을 걸어 놓고 기도하며 아픔을 함께 하였고,

43살에는 한끼 굶으면 큰일나는 줄 알았던 내가 2박3일 동안 효소만

마시는 수도원 단식프로그램을 경험하였고,

44살이 된 올해는 지리산을 2박3일 종주하려 합니다.

당당히 지리산 정상에 서서 반달곰과 뜻깊은 만남을 가지도록 노력해

보겠습니다.

자연생활에 적응하는 데 어려움은 없는지…

곰들이 다른 산으로 이탈하는 이유가 무엇인지…

인간들에게 전하고 싶은 메시지는 무엇인지…

상담자의 기질을 잘 발휘해서 얘기하고 오겠습니다.

지리산 정상에서 하는 정상회담

그렇게 저는 44살의 시간에 의미를 담아 봅니다.

그 어렵다는 정상회담을 시도하다니…

응원해 주실거죠?

2018년 6월 6일부터 6월 8일까지의 긴 종주를 앞두고, 설레는 맘으로…

2-21

눈덩이 산책

통계에서 표본 즉, 연구대상자를 구하는 방법 중 눈덩이표집(snowball sampling)이라는 방법이 있다.
대상자를 구하기 힘들 때 지금 대상자에게 소개받아 연구표본을 점점 늘려 가는 방법.

백화마을은 산 중턱에 있다.
백화교에서부터 마을까진 걸어서
10분 정도 꼬불꼬불 S자 도로를 따라
오르막길을 가야 한다.
마을입구에선 그 도로를 중심으로
양쪽으로 40가구가 나란히 늘어서
있는데…

요즘 비도 오고 해서 산책 가기 딱
좋은 날들이 계속 이어지니…
문을 열고 나오는 순간부터 바로
산책로가 된다.

윗집 언니가 내려오며 부른다.

"예진, 운동 가자. 나와."

둘이 내려가며 또 다른 집에서 멈춘다.

"언니! 운동해야 한다며! 같이 가자. "

셋이 내려가며 이제 막 퇴근한 차를 잡는다.

"내려! 같이 운동 가자."

넷이 내려가며 또 다른 집에서 멈춘다.

"오늘 종일 집에서 일했지? 잠깐 나와서 걷자."

그렇게 내려가며 이 사람 저 사람 눈덩이처럼 모아

저녁하늘에 감탄하고,

고양이, 강아지들에게 저녁인사를 하고,

하루의 기쁨과 아픔, 슬픔을 함께 나눈다.

소소한 일상을 함께 하는 이곳! 백화마을!

난 이곳이 참 좋다.

2-22
내 곁에 비둘기 있다

가끔 곁에 있는 사람들에게 묻는다.

"넌 비둘기 보면 어딜 봐?"

뜬금없는 질문에 질문을 받은 사람은 잠시 동공이 흔들렸다가 이내
대답한다.

"무슨 질문이 그러냐? 색깔, 걷는 모습, 그런 걸 봐. 그럼 넌 어딜 보는데?"

"음… 난 다리를 봐."

도시에 사람들이 많은 곳엔 비둘기도 많다.

그 비둘기들의 발을 눈여겨 본 적이 있는가?

하나같이 성한 다리를 가진 비둘기가 거의 없다.

주로 전깃줄에 매달리거나 건물 난간을 안식처로 삼다 보니 발가락 하나
없는 건 다반사고 심지어 두 다리가 모두 없는 비둘기도 있다.

비둘기들은 그렇게 장애를 가진 채 오늘도 먹을 걸 구걸하러 다닌다.

어느 기차역에서 기차를 기다리는 남자가 자기가 먹던 빵 부스러기를
던져 주며 비둘기와 나눠 먹는 모습을 흐뭇하게 바라보고 있는데,
청소하시는 아저씨가 화를 낸다. 먹이 주지 말라고… 지저분해진다고…

인간은 마치 태고에 자신들만 이 세상에 존재한 듯, 이 세상을 컨트롤할 수 있는 위대한 존재라는 착각 속에서 주변의 생명은 아무렇지도 않게 대한다.

어쩌면 오늘도 그들은 우리에게 이야기하고 있다.

우리가 알아들을 수 있는 언어로…

99999999999… 99999…

그들의 목소리에 한번쯤 귀 기울여 주자.

9999999…

"내곁에 비둘기 있다"

2016. 1. 20.
예지니

2-23

공간차

나는 착한 딸입니다.

우리 부모님에게 우리 집 작은 텃밭을 내어 주며 심고 가꿀 수 있는
기쁨을 맛보게 해 드리는 나는 착한 딸입니다.
아버지가 서투른 솜씨로 애완견 털을 깎다가 너무 발버둥 쳐서 얼굴만
못 깎아 사자처럼 되었어도 전문가 같다며 아낌없이 칭찬해 주는 나는
착한 딸입니다.

서울로 올라가시는 부모님에게 직접 드리면 마다할까 봐 지갑에 있는
현금 전부를 털어 몰래 가방에 넣어놓는 나는 착한 딸입니다.

부모님이 가져온 가방과 보따리를 들어 대신 차에 실어주는 나는 착한
딸입니다.

서울로 가시는 부모님께 문자로 '까만 가방 앞 주머니에 돈 넣어
두었으니 가면서 맛있는 거 사 드세요' 하면서 아낌없이 사랑을 표현하는
나는 착한 딸입니다.

한참 시간이 지나 서울에 도착하신 부모님.

당신들이 들고 온 가방에는 돈이 없다며…

차에 이상한 까만 가방이 하나 있다며…

헉!!

전 그만 딸아이 책가방 앞 주머니에 돈을 몰래 넣어 놓고,

그 가방을 부모님 차에 실어 서울까지 가게 만든,

딸 아이의 가방을 헷갈려 하는 저는 나쁜 엄마입니다.

핑계를 대 보자면…

지리산 속에 며칠 자연인으로 살다가

집에 와서 현지인으로 살아가려니,

아무래도 시차가 아닌 공간차라는게 생긴 것 같습니다.

저는 그렇게 나쁜 엄마가 되었습니다.

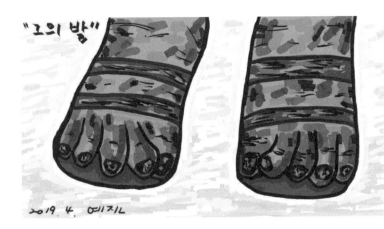

2-24

그의 발

아직 꽃샘추위가 남아 있던 봄날.

광화문에서 대학로까지 옛 추억을 되새기며 걸어가던 날.

많은 노숙자분들을 지나쳤는데 유독 이분의 발을 보고야 말았지요.

발가락이 다 휘고 아직 날씨가 쌀쌀한데 슬리퍼만 신은 채 어디로

가는지도 모르는 듯 그렇게 걸어가던 그분의 새까만 발.

그리곤 저에게 되묻습니다.

우리 사회가, 우리들이 누군가를 이렇게 소외시켜도 되는 것인지…

그냥 단순히 개인의 문제로 두어야만 하는 것인지…

따스함과 정겨움은 어디에 존재하는지…

그의 까만 발을 보고 많은 질문을 하게 된 그런 쓸쓸한 봄날이었습니다.

학교에 관한 불편한 진실

무거운 회색빛 교실.

똑같은 교복을 입고,

오늘도 낡은 책상에 앉아 지나간 과거의 지식들을 머릿속에 구겨 넣고

있는 아이들.

이미 오래 전부터 감옥처럼 되어 버린 학교.

그래서 그런가 보다.

화장이라도 해서 자신들의 핏기 없는 얼굴을 조금이라도 감추려고…

슬리퍼라도 신어서 집에서 느끼는 편안함과 자유로움을 조금이라도

경험하려고…

랩이라도 해서 자신들의 억눌린 심정을 한꺼번에 울부짖듯 쏟아내

말하려고…

그 옛날 환경미화라는 이름으로 고사리같은 손에 걸레를 쥐어 주며,
단체로 무릎 꿇고 마룻바닥을 닦게 했던 나의 초등학교 시절…

반평균이 다른 반보다 뒤쳐졌다는 단지 그 이유만으로 담임선생님에게
우리반 전체가 뺨을 맞아야 했던 나의 고등학교 시절…

지금은
다만 걸레를 들지 않을 뿐,
지금은
다만 체벌을 하지 않을 뿐,
달라진 건 별로 없다.

이제 이 불편한 진실과
마주할 때이다.

Part 3

사
랑
을
말
하
다

3-1
시간이 약

사람들은 말한다.

"시간이 지나면 다 잊혀진다고…
시간이 약이라고…"

도대체 얼마만큼
도대체 얼마 동안 먹어야
네가 잊혀지는 걸까?

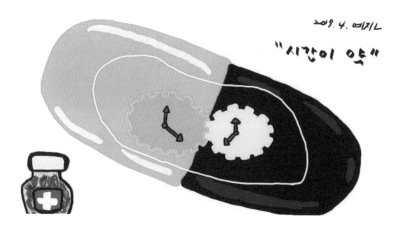

2019. 4. 예지나

"시간이 약"

겉절이 VS 묵은지

2018. 6.
예진

3-2
겉절이 VS 묵은지

당신은 겉절이를 좋아합니까? 묵은지를 좋아합니까?

풋풋한 배추의 맛이 아삭하게 느껴지는 게 좋아 매번 겉절이를 찾나요?
김치는 익어야 제맛이라며 신맛이 새콤하게 도는 푹 익은 묵은지를
찾나요?

당신의 사랑은 어떤가요?

항상 상대에게 신선하고 새로운 모습을 찾고, 이를 기뻐하는 겉절이
같은 사랑을 원하나요?
상대와 오랜 시간 함께하며, 익숙함과 편안함이 가득한 사랑을
원하나요?

겉절이 사랑과 묵은지 사랑.

당신은 지금 어떤 사랑을 하고 있나요?

3-3
비와 시의 이야기

똑! 똑! 똑!

빗방울이 아무렇지도 않게 무심하게 바닥에 떨어진다.

낮게 울리는 피아노 선율.

보란듯이 내 맘을 휘젓고 가는 어느 시인의 문장.

이 모든 게 어우러져 네가 된다.

이 모든 게 어우러져 내가 된다.

너는 오늘도 내 일상이 되어 내 맘속에 다녀간다.

그리움이라는 이름 아래…

사랑이라는 이름 아래…

그리움

다 비워낸 줄 알았는데
다시 쌓인다.
너를 향한 그리움이…

큰 맘 먹고 뒤집어 보지만
이내 또 차곡차곡 쌓이는구나.

너의 향기
너의 미소
너와의 추억들
그 조각들이 모두 수증기처럼 증발해 버렸으면…

그러면 그때 네가 잊혀질 수 있을까?

내가 널 잊을 수 있을까?

"그리움"

2018. 6. 여기니

3-5
선물

요즘 조금 지쳤어.

너도 그렇다고?

그래서 모드 루이스의 그림을 내 방식대로 응용해 봤지.

난 까만 염소의 바이브레이션 섞인 울음소리가 좋거든.

파란 지붕의 집… 특이하잖아.

상상해 봐.

집 안에 너와 내가 있어도 좋아.

아님 집 밖의 풍경을 마주하고 있다고 해도 좋아.

나는 너와 함께하고 싶어.

지친 내게…

지친 네게…

선물해.

나의 맘을…

나의 사랑을…

우리의 편안함을…

3-6
밤하늘의 별

연인들이 바라보는 별은 모두 하트로 보일 거야.

여기도 하트.

저기도 하트.

아! 사랑은 언제나 가슴 설레고 아름다워.

3-7
매생이전 케익

물 반 컵, 밀가루 한 컵, 매생이 한 움큼.
휙휙 저어 반죽하고 달궈진 프라이팬에 한 수저 떠 넣고,
잣과 종종 썬 당근으로 얼굴도 만들고 글자도 썼어.
다 너를 위해서…
너의 특별한 날을 나도 그렇게
축하해 주고 싶었어.
요란하고 화려하진 않지만
그냥 있는 그대로의 것에 내 맘의
사랑을 솔솔 뿌렸어.
다 너를 위해서…

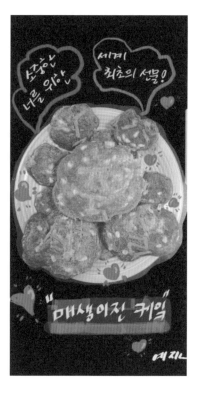

이웃집 동생의 생일 소식을 듣고
30분 만에 맘을 담아 만든 선물…
그렇게 사랑을 주었다. 온 맘 다해서…

"시간의 교차점"

2018. 1. 29

예진

3-8
시간의 교차점

둘 사이에 시차가 생겼다.

그녀는 자기의 시간에서 7을 뺀다.

그는 자기의 시간에서 7을 더한다.

그렇게 둘의 시간이 교차하는 그때,

서로의 그리움을 마주 보고 선다.

프리미엄 사랑 3종 세트

내가 네 등에 손을 대고 토닥토닥하는 건 말야.
내가 네게 나의 따스함을 전해 주려는 거야.

내가 네 손을 살며시 잡아 주는 건 말야.
내가 너를 무척 아끼고 사랑하고 있다는 거야.

내가 너를 두 팔 벌려 꼭 안아 주는 건 말야.
네가 있어 오늘도 기쁘고 감사하다는 나의 뜨거운 마음을 표현하는 거야.

이런 내가 네게 줄 수 있는 나의 최선의 사랑이야.
바로 너에게 말야.

궤도

인연.

사람과의 만남은 각자의 궤도를 돌다 서로 마주하는 그 시점을 인연이라

얘기하는 것일수도…

각자의 궤도를 돌다 만나고 헤어짐은 당연한 우주의 섭리일수도…

만남이 있음 헤어짐도 있다.

그리고 또 다시 만날 수도…

그게 현생이든…

그게 다음 생이든…

우린 또 만날 것이다.

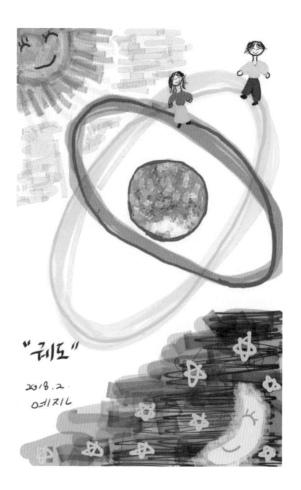

"둘만의 사랑"

2018. 2.

예진

3-11
둘만의 사랑

남자 고슴도치와 여자 토끼가 사랑에 빠졌다.

둘은 조심스럽게 서로에게 부탁한다.

고슴도치: "자기야, 나를 안을 때 백허그는 하지 말아줘.

자기가 내 가시에 찔리는 걸 원치 않아."

토끼: "자기야, 내게 애정 표현할 때 양쪽 귀를 잡아당기진 말아 줘.

어느 때부터인가 그게 누구한테 잡혀가는 것 같아 기분이 나쁘더라구.

그러면 자기에게 나도 모르게 화를 낼지도 몰라."

상대에게 나의 아픔을 꺼내 보여 주고, 나는 그걸 이해해 주고…

상대에게 나의 사랑을 솔직하게 말해 주고, 나는 그 맘을 그대로 받아

주고…

3-12
토끼와 고슴도치 사랑

토끼와 고슴도치의 사랑 2탄!

둘은 서로의 상처를 이해하고 보듬고 아껴 주었지요.

둘은 느껴요.

사랑은 상대가 가지고 있는 색깔이 내 곁에서 더 빛날 수 있게

하는거라는 것을…

내가 그 옆에서,

그가 내 옆에서,

더 빛날 수 있게 해 주는 것을…

둘은 알았지요.

그게 하나가 되는 거라는 것을…

3-13

첫사랑

새벽녘 살포시 내린 눈.

현관문을 여니 그 위로 선명한 고양이 발자국.

네가 지나간 자리는 마치 세상에 너만 존재했었던 것 같아.

첫사랑처럼 말야.

마음에 눈이 내리면 선명하게 떠오르는 첫사랑의 추억처럼 말야.

" 네 생각 "

2018. 2. 2.
예지ㄴ

네 생각

네 생각에 잠긴다는 건 말야.

내가 바라보는 모든 것을 너로 채우는 거야.

네 생각에 잠긴다는 건 말야…

3-15
Ctrl+C

나의 키보드 자판엔 Ctrl키와 C, V키만 존재해.

너와의 짧았던 만남과 긴 헤어짐의 시간들 속에서,

난 오늘도 우리의 추억을 Ctrl+C한 다음 Ctrl+V했어.

그렇게 매일매일 너를 기다리며 Ctrl+V만 눌러.

그때의 그 시간들이, 추억들이 매일매일 늘어나.

너를 기다린다는 건 말야.

너와의 새로운 추억을 Ctrl+C해서 Ctrl+V하고 싶다는 뜻이야.

너를 기억하기 위해,

오늘도 난,

Ctrl+V를 했어.

3-16
사랑의 상처

사랑하는 친구야…

술이 너를 부른 건지, 네가 술을 부른 건진 모르겠지만,

술에 취해 우리 집 안방에 쓰러진 네 옆에 나도 나란히 누웠지.

너는 넋두리처럼 쏟아놓더라.

내가 다신 술을 안 마신다는 둥…

집에 가야 하는데 이게 뭐냐는 둥…

그러다 최근 헤어진 그 사람에게 전화하고 싶다며 아파하는 너를

보면서, 그 사람에 대한 사랑을 가늠해 볼 수 있었어.

누군가에 대한 사랑이 진실하면 할수록 헤어질 때, 그 상처가 더 깊고

아픔을…

나도 알고 있단다.

그러니 친구야…

지금처럼 너의 아픔과 상처에 내가 함께해 줄 테니 아물어 가는 그

과정을 잘 지켜봐 주자. 견뎌 보자.

근데 난 네 마음의 상처만 보고 싶었는데,

너의 위 속 음식물을 내 차에서 보게 되었으니…

그것만은 안 보고 싶었는데…

친구야… 차 실내세차비용 계좌로 보내라.

나는 오늘도 너의 냄새를 싣고 다닌다. 흑흑!!

"봄비"

2018.
4.
메지나

3-17
봄비

어떤 곡 들려줄까?

쇼팽의 녹턴도 좋고,
잔잔한 째즈도 좋고,
바흐의 무반주첼로곡도 어울릴 것 같아.

핸드폰으로 이 곡 저 곡 찾아 아주 크지 않게 음악을 틀고,
잘 볶은 원두를 갈아 뜨거운 물을 붓고,
네가 좋아할 만한 예쁜 색깔 컵에 커피를 내려 주면,

빗소리에, 커피향에, 음악에 젖어드는 지금.

너와 그렇게 이 봄비를 맞이하고 싶은 그런 날이야.
오늘이…

part 4

일상에서 나를 만나다

4-1
나 이런 여자야!

시골살이 6년차. 더 자세히 말하면 주택살이한 지 6년차.

아파트에선 집 안만 신경 쓰면 됐었는데, 주택은 주인장 손이 많이 간다.

특히나 평일엔 나와 딸만 있는 집에서 무언가 고장이 나면 난감해진다.

지난번 하수구가 막혀 전문가들을 두 번이나 불렀는데도 세탁실,

화장실, 싱크대 3군데가 모두 막혔던 그날…

오기가 발동해 인터넷을 통해 온갖 기술을 습득한 후 3군데에 뜨거운

물, 식초, 베이킹소다를 쏟아 붓고, 막대기로 쑤시기를 두 시간 한 결과

하수구에 있던 기름덩어리를 건져 내고 시원하게 물이 내려가는 걸

확인했던 그날…

난 해낸 것이다.

또 바람이 심하게 불던 늦은 밤, 펠렛 보일러가 작동을 멈췄다.

어두운 밤에 후레쉬 불빛에 의존해 보일러를 해체하고, 재를 터는

작업을 30분 넘게 하고 다시 조립.

윙! 소릴 내며 보일러가 작동하였다.

난 또 해낸 것이다.

영화 「타짜」의 김혜수의 말이 떠오른다.

"나 이대 나온 여자야!"

그럼 난 이렇게 얘기해야지.

"나 하수구 뚫은 여자야!"

"나 보일러 고친 여자야!"

이제 이것만 말하고 싶다.

설마, 전기설비도, 지붕도, 이젠 그만! 그만!

4-2

공허

바깥 공기가 내 안에 들어온다.

내 폐를 지나 심장을 훑고 콩팥을 건드리며,

원래 내 것이 이렇게 차가운 것들이었던 것처럼,

그렇게 내 안에 들어온다.

공허함이다.

나는 그 무엇을 놓치고 있는가…

너는 그 무엇을 놓치고 있는가…

엄마사자

"엄마사자"

2019. 4. 예지ㄴ

2010년 원빈 주연의 영화「아저씨」에서 더벅머리 원빈이 복수의 의지를
다지기 위해 스스로 자기 머리를 깎는 저 장면… 하필 저 장면이 나올
때쯤 극장에서 갑자기 화장실이 급해 나갔다 온 사이 놓쳐 버려 다시
영화를 한 번 더 봤을 정도로 내가 좋아했던 장면…

나 또한 무언가 새로운 각오가 필요했다.
아니 그냥 걸리적거리는 그 무언가를 간소화 하고픈 맘에 산티아고
순례길을 떠나기 전날 미용실에 들러 단발머리를 커트로 싹뚝 잘랐다.

거울 속 나의 머리카락이 짧아지는 걸 보면서 순간 군대 가는 사람들의
심정을 아주 조금이나마 알 것 같았고, 영화 속 원빈의 결연한 의지가
내게도 전해지는 듯하였다.

그리고 상상했다.
순례길에서 전날 샤워를 싹 마치고 자고 다음날 그냥 일어나서 바로
걸어야지. 눈꼽만 떼고…
그렇게 시크하고 씩씩한 나를 상상하며 잠이 들었는데…

아! 놔!
순례길 첫날 아침 일어나니 머리가 사방팔방 뻗쳐 있었다.
걸크러쉬 느낌 나는 여인이 아닌 먹이를 찾아 어슬렁거리는 중년의
엄마사자가 되어 있었으니…

아! 놔!
이건 아닌데…

그렇게 난 사자인 채로 산티아고 순례길 여정에 오르게 되었다.

4-4
마이너스 대출

언제 가입이 되었는지 난 정확히 기억이 나질 않는다.

거슬러 보면 26살에 첫아이를 낳고 나서부터가 아니었을까 싶다.

첫아이 낳았다고 적립.

둘째 낳았다고 또 적립.

셋째 낳았다고 또또 적립.

35살, 40살까지 건강하게 잘 살았다고 또 적립.

이젠 정말 그만 적립되었음 좋겠다.

매일매일 한 시간씩 걷고, 한 시간씩 근력운동을 한 지 석 달이 되어 가건만,

이 장기저축된 뱃살, 팔뚝살, 허벅지살은 빠질 생각을 안 하니…

영화 「박하사탕」의 설경구가 외친 것처럼 나도 외쳐 본다.

"나 마이너스로 이제 돌아갈래에…!"

아! 마이너스 대출 받고 싶다.

구미호

'권예진' 나의 이름 옆엔 많은 역할들이 붙어 있다.
아내, 엄마, 상담사, 학생, 성당교우, 며느리, 딸, 친구, 선배, 후배 등등…
욕심이 많은 나는 이 모든 역할들을 잘 소화해 내기 위해 엄청 부지런히
움직였다.
늘 쳇바퀴 굴러가듯 반복과 규칙적인 삶의 패턴을 고수하며 시간을
쪼개서 썼던 나.

어느날부터인가 난 역할들 속의 가려진 잃어버린 나를 찾고 싶어졌고,
이제서야 겨우 나의 온전한 모습을 거울에 비춰 볼 수 있었는데…

에그머니나! 역할의 이름으로 내 몸에 있던 꼬리가 내 꼬리가 아니었구나.
그냥 흉내내기 바빴던 나의 삶이 고스란히 묻어 있는 내 모습.

이젠 정말 권예진 꼬리를 달고 살아야지.
나의 꼬리가 자라고 멋져지는 모습을 지켜보면서 말이다.
근데 이 모습도 개성 있고 좋은걸…
역시 난 욕심 많은 여자다.

"구미호"

2018. 3. 에미진L

4-6
무맛

나는 반복적인 것보단 새로운 것을 좋아한다.

이는 요리를 할 때도 그러하니, 새로운 레시피를 보고 적당하게 만들기 쉬운 것을 골라 빠르게 만들어 내놓는다.

지난번 영화 「리틀 포레스트」에서 주인공이 자기 자신을 위해 정성스레 음식 만드는 것을 인상 깊게 보았으니…

집에 있는 시간이 많아지면서 밭에 나는 것들을 뜯어 이것저것 후다닥 만들어 본다.

혼자 먹기 싫어 늘 뒷집언닐 초대한다.

며칠 이것저것 내가 만든 음식을 맛본 뒷집언니…

짧고 굵게 한마디한다.

뒷집언니: "예진아, 넌 정말 음식 빨리 만들고, 비주얼은 우와! 정말 근사해. 근데 모든 음식이 무맛이 나. 무맛… 없을 무…"

오호! 나는 모든 양념들을 섞어서 아무 맛이 안 나게 하는 놀라운 능력을
지녔으니, 이게 칭찬인지… 뭔지…

난 역시 요리에 있어선 이론만 강한 여자다.

4-7
참을 수 없는 가벼움

"참을 수 없는 가벼움"

2018. 3. 예지나

난 쫌 무거운 여자다.

아주 오랫동안 아이들을 가르치는 선생님이었다가 현재는 심리상담사로

살면서 내가 만들어 놓은 이미지에 나를 꽁꽁 싸매고 포장했다.

그게 요즘은 무겁게 느껴진다.

매 순간순간을 의미 있게 보내야 한다는 강박에서,

타인들이 나를 어떻게 바라볼까 하는 시선에서,

내가 쌓아 놓은 나의 성벽에서,

진짜 자유롭고 싶다.

그래서 오늘부터 가벼운 여자가 되기로 했다.

거리의 풍선인형처럼 바람이 부는 대로 흐느적 흐느적…

진실하고 진솔하되 가벼운 삶을 살기로 했다.

그러니 지인들이여, 가끔씩 내가 더 가벼워질 수 있게, 내가 온전히 나를

만끽할 수 있게, 스위치를 켜고 바람 좀 넣어 주오.

어! 갑자기 악상이 떠오른다!

"그대 이름은 바람 바람 바람… 왔다가 사라지는 바람…"

갑자기 김범룡 노래가 생각나는데 여기 바람은 그 바람이 아닌가?

헤헤, 난 벌써 가벼운 여자가 됐다.

4-8
복근

가출을 했어요.

박사논문 쓴다고 너무 거기에만 몰입했거든요.
한창 예민할 때인데,
깊은 맘을 헤아려주지 못했더니…
아마 저도 맘이 안일해졌던 거 같아요.
나 살기도 바쁜데… 어떻게 챙기냐 하면서,
아무렇게나 대하고…
무관심으로 일관했더니…

어느날 그렇게 소리 소문도 없이 가출을 했어요.

다시 돌아올까요?
나의 복근은…
아주 어렵게 만들어 놓은
나의 복근은…

정말 다시 돌아올까요!?

2019. 3. 이지니

4-9

봄햇살

나는 햇살을 무척 좋아한다.

추위를 많이 타는 체질이라 유난히도 길게 느껴졌던 지난 겨울을 보내고
나니, 요즘 찾아드는 봄볕이 그렇게 따스하고 포근하기까지 하다.

오늘도 가장 뜨거운 낮 12시에 산책을 하려고 나선다.

가장 해가 잘 드는 곳에 앉아 햇빛을 마주하고선 얼굴을 한껏 내밀며
온몸으로 햇빛을 받는다.

뒷집언니가 말한다.

뒷집언니: "예진아… 이제 그만하자."

나: "뭘?"

뒷집언니: "너 그러다 기미 백만 개쯤 생겨…"

뒷집언니의 백만 개라는 비현실적인 그 말에 나도 모르게 얼른 손으로
햇빛을 가리게 되는 건 뭔지!

'두껍아… 두껍아…' 노래 버전으로 목청껏 외쳐 본다.

"햇빛아… 햇빛아… 기미 줄게. 비타민 다오…"

"햇빛아… 햇빛아… 주름 줄게. 비타민 다오…"

4-10
여명의 셔틀콕

아직도 선명하다.

중학교 시절 철조망을 사이에 두고 헤어짐을 아쉬워하던 남자가
철조망에 과감히 올라 사랑하는 여인에게 작별의 키스를 하던 그 장면…
「여명의 눈동자」

며칠 전 일이 아직도 선명하다.
너무나 갑작스러웠다.
어찌할 새도 없이 갑작스레 그렇게 넘어와선 내게 입맞춤을 했다.
난 순간 너무 당황해 얼굴을 가렸고…

'여명의 셔틀콕'
그렇게 철조망이 아닌 네트를 넘어온 셔틀콕은 나와의 입맞춤이
간절했던거다.
정확히 나의 인중에 와 닿은 셔틀콕…

그날 난 마치 보톡스를 맞은 듯 입술이
부풀어 있었고…
심지어 잠깐 이뻐 보이기까지 했다.

언제나 내 삶은 드라마다.

개고생

11일 만이었다.

데크문이 열린 틈을 타서 집을 나간 우리 집 강아지 또또가 11일 만에
돌아왔다.

하얗고 원래도 작은 또또가 마치 어릴 적 신기하고도 무섭게 봤던
'바야바' 괴물처럼 회색빛에 굵어서 배가 홀쭉한 채로 집에 온 것이다.

또또는 과연 11일 동안 어디서 무얼 했는지, 주변 사람들의 추측은
제각각이다.

뒷집언니: "옷을 입고 나갔었으니 어디 산에 가다 나뭇가지에 옷이 걸려
버둥거리다가 며칠 만에 옷이 벗겨져서 집에 왔을거야."

친정엄마: "여자친구 쫓아가다가 수로에 빠진거야. 그래서 거기서 며칠
헤매다가 겨우 집에 온거지."

직장동료: "누가 자기가 키우려고 데리고 있다가 전단지를 보고 다시
놓아 줘서 멀리서 집을 찾아온거야."

개고생의 뜻이 여행의 어원에서 나왔다고 하는데, 또또의 행색을 보니
정말 개고생이라는 말이 얼마나 고되고 힘든지 알겠다.

평생 미스테리로 남을 또또의 개고생.

4-12
숨바꼭질

"꼭꼭 숨어라. 머리카락 보일라. 꼭꼭 숨어라."

이맘때쯤 난 매일 숲에서 너를 찾는다.
오르던 길을 다시 내려오다,
찾았다!
풀숲 더미에서,
찾았다!
머리 숙여 땅 밑으로 숨은 너를
찾았다!

나는 오늘도 그렇게 너와 신나게 숨바꼭질하며 숲속을 헤맨다.
고사리야… 고사리야… 다 숨었니?
나 찾으러 간다.

4-13
빼앗긴 잔디밭에도 봄은 오는가?

시골살이 6년차…

처음엔 작은 풀 뽑는 것조차도 자연의 섭리를 거스르는 것 같아서 그냥
두었다.

그랬더니 밭엔 심은 것과 잡초가 한데 얽혀 있고, 잔디를 심어 놓은 곳엔
어느 순간부터 토끼풀들이 자리 잡기 시작했다.

그래서 그 다음해엔 잡초는 어릴 때 뽑아야 제맛이라며 국화든,
코스모스든, 어린 놈들만 골라 쏙쏙 뽑는 잔인함을 보이기도 했다.

요즘 주차장 쪽에 만들어 놓은 작은 화단과 잔디밭에 무성하게 초록잎을
활짝 펴고 번식중인 토끼풀과 씨름 중이다.

모자, 목장갑, 호미, 밭에서 김맬 때 쓰는 의자를 풀 세트로 장착하고
좋아하는 음악을 들으며 하루 한 시간씩 토끼풀과 씨름을 한다.

점점 하면서 힘은 드는데 진도가 빨리 안 나가니 오기가 생긴다.
'이 봄에 내가 꼭 너희들을 모두 제거하리라.'

자랑 삼아 나의 야심 찬 계획을 들은 뒷집언니가 한마디한다.

뒷집언니: "예진아, 내일부터 3일 내내 비 온대. 그럼 네가 김맨 자리에 토끼풀이 또 자라날걸! 넌 아마 며칠 내로 자연의 섭리에 무릎 꿇게 될거야!"

아! 빼앗긴 잔디밭에도 봄은 오려나!!!

괜찮아, 잠깐 기대어도 돼

4-14
배웅

울집 냥이 삼 남매, 하미, 호미, 소미.

어느날부터인가 셋이 데크에 앉아 내 차 나가는 걸 배웅해 준다.

'돈 많이 벌어 오라는 건가?'

'요즘 입맛이 없는데 맛있는 거 사 오라는 건가?'

'저녁에 몇 시에 들어올 건지 묻는 건가?'

혼자 알 수 없는 질문에 답을 하며 삼남매의 배웅을 받는다.

냥이들의 수다: 냐옹… 집사를 바꿔야겠어. 냐옹…

                     냐옹… 그러게… 눈치코치가 너무 없지.

                     냐옹… 성격도 이상해.

                     냐옹… 우리 다른 집 알아보자.

                     냐옹… 냐옹…

우린 이렇게 서로 다른 생각을 하고 있는 걸까?

당황

가끔 그럴 때가 있다.

엄청 바쁘거나 급하게 처리해야 할 때 나는 어이없는 실수를 종종 한다.

예를 들어 저녁 6시 30분 영화를 당일에 예매해야 하면 난 16시 30분

영화를 예매해서 못 본 적도 있고,

급하게 기차표를 예매하느라 밤 10시 45분 기차 예매를 그만 20시

45분으로 해서 표를 날린 적이 있다.

그날 저녁 난데없이 학교 기숙사에 있는 둘째 아들이 집에 와서

자겠다고 한다.

황간 읍내로 마중 가는 길에 혼자 심심해할까 봐 흔쾌히 동행해 준

뒷집언니…

가는 내내 수다 떨고 주유소에 들려 주유할 때도 수다의

연속이었으니……

잠시 후 아들과 만나기로 한 장소에 가니 바람이 몹시 찬 어둠 속에

아들이 서 있었다.

반갑기도 하고 날이 추워 빨리 태우고픈 맘과 뒷집언니와의 수다가
어우러져 난 또 이러고 말았다.

나: (앞 창문을 열고) "아들! 추웠지? 타…!"

딸깍!!

헉!
자동차 잠금장치를 푼다는 게 그만 주유구를 열고 말았다.

어디서든 정신줄을 놓지 말아야겠다.

목련

"목련꽃 그늘 아래서 베르테르의 편질 읽노라.

구름꽃 피는 언덕에서 피리를 부노라. "

봄이면 늘 흥얼거리던 가곡 '4월의 노래'.

봄에 피는 꽃 목련.

하얀 꽃들을 보면 마치 겨울이 봄에게 보내는 마지막 선물 같아.

커다란 눈송이가 매달려 있는 눈꽃나무 같거든.

나를 잊지 말아 달라고…

오래오래 기억해 달라고…

그렇게 겨울은 봄에게 말하고 있어.

나도 그렇게 너를 오래오래 기억하고 있어.

"아아 멀리 떠나와 이름 없는 항구에서 배를 타노라.

돌아온 4월은 생명의 등불을 밝혀 둔다.

빛나는 꿈의 계절아, 눈물 어린 무지개 계절아…"

4-17

지금, 여기

상담공부를 하면서 나 또한 실천하려고 하는 말 중 하나…
'지금, 여기'

어떤 사람은 박사학위를 받고 암 4기 선고를 받았다고 하고,
어떤 사람은 모임하는 중에 갑자기 심장마비가 와서 사망했다고 하고,
어떤 사람은 교통사고로 바로 현장에서 사망했다고 하고,

요즘 내 주변에서 들리는 이야기들을 들으며
나의 삶을 내가 어찌하지 못하는 이 세상에서 '지금, 여기'라는 말이 더
간절하게 느껴진다.

우린 매 순간순간에 집중하고 있는가?

혹시, 어제 친구나 가족과 다툰 감정 때문에 현재 바람에 실려오는
라일락 향기나 꽃들의 춤사위를 놓치고 있는 건 아닌지…

혹시 일어나지도 않은 미래에 대한 걱정으로 사랑하는 사람이 맛있게 밥 먹는 모습을 지나쳐 버리고 있는 건 아닌지…

멋진 차나 좋은 집, 높은 직위를 가지는 것이 전부인 양일을 하다 내 몸이 힘들고 아프다고 하는 소리를 무시하고 있는 건 아닌지…

그냥 지금 여기에 가만히 머물러서 그 감정과 그 순간들을 느끼고 즐겨 보자.

오래오래 내 마음에 새겨 두어야 하는 그 말…

'Here and Now'

경칩

경칩을 하루 앞둔 날 둘레길을 둘레둘레 걸었지요.

갈 땐 잘 몰랐는데 다시 돌아올 때 보니 무심코 지나친 소리에 발걸음을

멈췄어요.

연못에서 나는 이상한 소리…

개구리 하면 청개구리… 개구리왕자… 개구리왕눈이…

공통적으로 비만 오면 구슬프게 개굴개굴하며 우는 줄만 알았는데,

마치 새들이 구르르… 구르르… 목청껏 외치는 소리처럼 특이하고

아름다운 소리를 내더군요.

그건 경칩을 맞아 깨어난 개구리가 구애하는 소리래요.

늘 슬퍼 우는 줄로만 알았는데 구애의 세레나데를 이렇게 멋지게

부르다니…

나의 상상력이 발동합니다.

그림을 그리다 보니 왕눈이 표정이 안 좋아요.

헉! 개구리탈을 쓴 나의 정체를 알아 버린 걸까요?

개구리탈을 쓴 아줌마를…

4-19
역광

해가 지는 겨울날 저녁…

역광을 받은 산은 그 실루엣을 온전히 드러낸다.

능선을 따라 촘촘하게 서 있는 잎이 다 떨어진 앙상한 나무들의 자태가 드러난다.

어쩜 저리도 높이가 같은지…

아마도 숲의 가위손 요정이 밤마다 가지런히 나무들을 정리해 주는 듯,

한결같은 크기로 줄 지어 있다.

오늘도 옆나무와 함께 키를 맞추며 가는 그들은 봄을 기다리며 춤춘다.

4-20
드디어

비 와서 못한 날을 빼면 한 일주일 정도 걸렸어요.
드디어 우리 집 마당에 토끼풀들을 모두 제거했으니…

그동안 한 시간씩 머리 식힌다고 나가서 김매던 그 시간들.
이젠 잔디 뿌리와 토끼풀 뿌리를 구별할 수 있고, 잔디를 다치지 않게
하면서 얽혀 있는 토끼풀만 제거할 수 있는 신기술을 익혔으니…

이 기쁨을 굼벵이, 지렁이들과 함께 나누고 싶어요.
그동안 정신없이 김매느라 그들이 자는 거, 쉬는 거 엄청 방해했거든요.

무엇보다도 잔디들의 응원이 있었기에 여기까지 올 수 있었어요.
심어 놓고 관리도 안 하는 무심한 주인 만나 맘고생이 심했는데, 내내
이제 숨 쉬고 살 것 같다며 제게 말을 걸어왔지요.

난 이제 풀, 동물들과도 이야기를 하는 경지에 이르렀어요.

괜찮아, 잠깐 기대어도 돼

4-21

10월의 크리스마스

10월에 접어들자 낮에도 너무 환해서 거리를 거닐 수가 없다.

가로수로 심은 감나무에 주홍빛 전구들이 점점 붉은 빛으로 변하고….

축제 분위기를 돋우려는 듯, 하나둘 자신의 잎을 떨어뜨려 전구의 빛을
한층 더 밝게 한다.

별들도 이를 시샘하는지 오늘밤 유난히 더 반짝거린다.

영동에서만 볼 수 있는 10월의 크리스마스…

영동의 감들은 오늘도 신나게 익어 간다.

4-22

힘

백화마을 대부분의 보일러는 펠렛보일러다.

나무를 작은 원기둥 모양의 알갱이로 만들어 연료로 사용한다.

그래서 보일러를 돌리기 위해선 주기적으로 펠렛연료를 보일러 통에 넣어 줘야 하는 수고로움을 해야 한다.

며칠 전 때마침 펠렛연료가 다 떨어진 상황이라 뒷집언니와 난 펠렛을 보충해 주기 위해 이웃집에서 세 포대씩 빌려와야 했다.

펠렛은 한 포대에 20킬로그램이었다.

20킬로그램…

나 : "우리가 들 수 있을까? 난 자신 없는데… 허리가 안 좋아."

뒷집언니 : "같이 들어 보자. 내가 도와줄게."

잠시 뒤, 바람이 너무 불어 급한 맘에 무작정 펠렛 한 포대씩을 들어 봤다. 그런데 이런 일이…

너무나 가볍게 안아들고 있는 나.

몸을 바르르 떨며 등에 짊어지고 있는 뒷집 언니.

뒷집언니: "너 뭐야? 못 든다며?"

나: "언니 나두 내가 왜 이리 됐는지 잘 모르겠어."

난 나직히 뒷집언니에게 속삭인다.

나: "언니 이거 우리 신랑한텐 얘기하지 말아 줘. 비밀로 해야 해. 나 힘 생긴 거 알면 원래도 일 안 하는데 더 안 할라."

헬스해서 나도 모르게 힘이 세진 나…
난 쭉 연약한 여자이고 싶다!

4-23
진화

몇 주 전 소파를 바꿨다.

폐기물 신고를 하고 2주 정도 밖에서 방치되던 낡은 소파를 군에서 오늘 가져간다며 잘 보이는 도로가에 내달라고 한다.

며칠 전 내린 눈을 흠뻑 맞은 낡은 소파.

마침 뒷집언니가 외출하려고 나온다.

나: "언니 이것 좀 같이 들어서 옮기자."

뒷집언니: "이걸 어디로 옮겨? 나 얼른 나가야 하는데…"

뒷집언니와 나는 소파 양쪽 모서리를 잡았다.

순간 급한 맘이 들었다.

그래서….

그림처럼 또 저랬다.

뒷집언니: "예진아… 이거 안 들어지는데! 넌 어떻게 그러니!"

언닌 미처 들지도 못하는 걸 난 번쩍 들어서 혼자 이리저리 방향 옮기고 끌어서 도로가로 가져다 놓았다.

난 이렇게 중년의 나이에 원더우먼으로 진화하고 있었다.

4-24
한석봉과 어머니 2018 버전

늦은 밤 학원에서 귀가한 딸과 저녁을 먹은 후 이야기한다.

나: "그래, 오늘은 무엇을 배웠느냐?"

딸: (아무 말 못한다)

나: "어허! 아니되겠다. 어찌 몸과 맘을 집중하지 못하는 것이냐!

준비하거라. 불은 끄지 않을 테니 이제 시작해 보자."

(탁탁… 타타탁… 톡톡… 토도독…)

2018년 한석봉의 후예인 한해인은 그렇게 표고버섯을 썰고 그 어머니는

곁에서 박사논문작업을 하고 있었으니…

(뭐가 바뀌었나!)

박사논문 통계작업으로 정신없이 바쁜 와중에 이웃집에 주문한 표고버섯이

도착하였고, 얼른 잘라서 말려야 했기에… 늦게 귀가한 중학교 2학년 딸에게

표고버섯 써는 작업을 부탁한 상황. 2018년 다시 쓰는 한석봉과 어머니 버전이다.

"한석봉과 어머니 '2018"

포고버섯

논문

4-25
사진의 기술

나는 사진 찍는 걸 좋아한다.
기술적인 건 잘 모르지만 여러 사람들과 어울려 함께 하는 걸 좋아하다
보니…
사물의 순간을 잘 포착해 프레임에 담는 직관력이 뛰어나다 보니…
사진을 많이 찍게 된다.

40대 이후 중년 여성들을 사진 찍을 때의 노하우를 몇 가지 알려 주고
싶다.

첫째, 반드시 상반신만 찍어야 한다.
뱃살, 허벅지살, 이런 거 사진에 찍히는 거 누구도 원치 않는다.

둘째, 뽀샵어플을 잘 활용해 찍는다.
턱 깎고, 화장해 주고, 때로는 새신부로 만들어 주는 어플로 사진을
찍으면 엄청 이쁨을 받는다.

셋째, 누군가 한 명의 고귀한 희생이 필요하다.

맨 앞에 나가 자신의 얼굴이 대문짝만 하게 나와도 다른 사람들이 내

뒤에 숨어 최대한 자신들의 얼굴을 가릴 수 있게 해 주어야 한다.

중년 여성들을 위한 사진의 기술

꼭 잊지 말길 바란다.

4-26
카르페디엠

로마제국 시인 호라티우스는 이런 말을 했다지.

시간을 두 가지 의미로 구분한다.
'남을 부러워하다 보낸 세월'과
'바로 이 순간'이다.
부러움은 시간이라는 괴물을 만나 질투가 된다.

그가 남긴 유명해진 말…

'카르페디엠'

지금 이 순간을 낚아채라고,
과거의 일에 매여 있거나,
미래에 일어날 일은 신경 쓰지 말라고,

당신은 지금을 맘껏 누리고 있는가?

4-27
여수밤바다

그 노래가 그랬다.

버스커버스커의 '여수밤바다' 노래를 들을 때마다 뒷집언니와 난

여수밤바다를 늘 그리워했다.

드디어 여름휴가 중 하루를 여수바다에 가기로 정하고 뒷집언니와

여수에서 도킹한 그날.

여수밤바다를 보며 노래를 100번쯤 부르리라 다짐하던 그날.

여수의 번화가나 길거리 어디에서도 이 노랜 나오지 않았다.

금지곡이 된 건가? 너무 많이 틀어서? 이상하다.

우린 바다를 바라보며 음악을 작게 틀고 작은 목소리로 노랠 부르기

시작했다.

같이: "여수 밤바다… 이 조명에 담긴…" (노래 중)

뒷집언니: "야! 저기 페트병 떠다닌다!"

같이: "전활 걸어 뭐하고 있냐고… 나는 지금 여수밤바다…" (노래 계속)

나: "언니! 저건 막걸리통인데!"

같이: "너와 함께 걷고 싶다. 이 바다를…" (노래 쭉 계속)

뒷집언니: "저기 봐! 엄청 큰 스티로폼 지나간다!"

우리의 여수밤바다는 그렇게 소심했던 음악소리와 우리의 목소리와

함께 수시로 떠다닌 바다 위 쓰레기들의 어울림이었으니…

더 이상 돌고래가 비닐이나 플라스틱으로 배를 채우지 않게…

코에 빨대가 껴서 아파하는 바다거북이 없게…

제발 쓰레기 좀 아무 데나 버리지 말자. 제발…

훈장

산티아고 순례길을 걸으면서 훈장처럼 느껴지는 것 중 하나는 바로 저의
손이예요.
매일 25킬로미터씩 걸을 때마다 스틱을 맨손으로 잡고 걸어서 손에
그라데이션이 생겼어요.
엄지와 검지 부분은 늘 햇볕에 노출되어 진한 갈색이고, 나머지
손가락들은 점점 옅어지는…

가끔 그런 손을 보며 피식 웃음이 나기도 하지만 이 길을 열심히 걷고
있다는 훈장처럼 느껴져 기쁘답니다.

남은 10여 일의 일정을 다 마치고 나면 모자 쓰기 싫어 맨얼굴로
80킬로미터를 걸은 저의 얼굴은 과연 어떤 훈장을 받게 될까요?
1번? 2번? 3번? 4번?

정답은?
한국 가서 공개합니다.

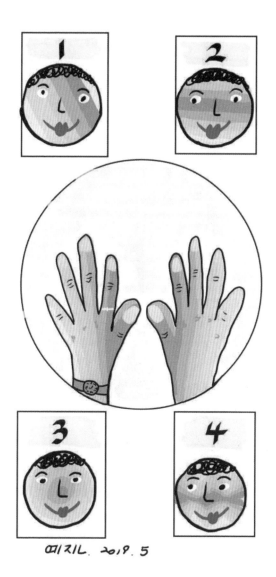

미지나. 2019. 5

"여행"

2018. 7. 예진

4-29
여행

멋진 풍경이나 즐길 거리를 찾아 가던 여행이 어느 순간 달라지기
시작했다.

내가 그리워하는 이들을 찾아다니는 여행…
내가 사랑하는 사람과 낯선 곳에서 함께 보내며 그 시간을 즐기는
여행…

그래서 화려한 볼거리는 없지만,
네가 있는 그곳에 가서 밥 한 끼 하며 인생을 얘기하고,
"여기 어때?" 하며 무작정 차를 돌려 들어가 보고,
순간순간을 온전히 함께 즐기는 거.

그게 진정한 여행의 묘미인 것을,
나는 이제서야 깨닫는다.

괜찮아, 잠깐 기대어도 돼

4-30
그 봄

햇살을 가득 머금은 초록 들판.

요즘 여느 때보다도 더 간절하게 기다리는 것 같아요.

아마도 무채색이었던 이번 겨울이 제겐 더없이 길게 느껴지나 봅니다.

아지랑이가 피어오르는 그 봄.

애벌레들이 꼬물꼬물 햇빛 쬐러 마실 나오는 그 봄.

졸졸졸 물소리마저 내 귀를 간지럽게 하는 그 봄.

그 봄.

따스한 그 봄.

내 맘에도 그 봄이 올까요?

4-31
계절

일요일 오후 물통 하나 손에 들고 집 근처 둘레길을 걸었지요.
얼굴을 스치는 바람이 간지럽게 느껴지고, 개울 물소리가 우렁차게
들리고, 산새들 수다 소리가 커진 걸 보니 봄이 오긴 왔나 봐요.
나무들도 저마다 이번 겨울을 어떻게 견뎠는지 자랑하느라 마른
웃음들을 지어 보이네요.
우리들에게도 저마다의 계절이 있을 거예요.
2017년 겨울이라는 이름이 아닌 자기만의 계절이…
누군가는 자신의 병과 싸워야 하는 아픔의 계절이었고…
누군가는 그 사람을 그리워하며 입가에 미소를 지었을 사랑의
계절이었고…
누군가는 인생의 갈림길에서 방황하며 고민하는 선택의 계절이었고…
그런 각자의 계절 때문에 누군가는 이번 겨울이 더 추웠을 수도 있고,
누군가는 무척 따뜻했을 수도 있었겠지요.

이제 2018년의 봄이 움트고 있어요.
당신에겐 이 봄이 어떤 계절로 다가올까요?
누구도 알 수 없어요.

그렇다고 너무 두려워하거나 불안해하진 마요.

계절은 저절로 두면 지나가는 게 자연의 섭리니깐요.

그 계절을 견딜 수 있는 지혜는 우리 모두가 가지고 있으니깐요.

달무리

"지금 밖에 나와 하늘을 보세요. 달무리가 생겼어요!"

늦은 밤 10시쯤 마을카톡에 올라온 글…

'달무리? 처음 들어 보는데 뭐지?'

주섬주섬 옷을 챙겨 입고 문밖에 나가 보니 달 주변으로 희미하지만

아름다운 띠 모양이 생겨 있었다.

가끔 시골살이의 호사라고 하면 이런 것이다.

자연이 주는 뜻밖의 선물들을 받을 때 경이롭기도 하고, 소박함에서

오는 기쁨에 감사하기도 한다.

때론 하늘의 별똥별이며 은하수를 매일 마주하기도 하고…

으슥한 곳에 가면 반딧불이를 만날 수 있고…

사계절을 가장 먼저 가까이 느낄 수 있는 곳.

오늘도 나는 이웃들과 함께 소박함을 즐겁게 공유하는 백화마을에 살고

있다.

Epilogue /

심리학자 칼 로저스는 이렇게 말했다. "내가 글을 쓰는 이유는 세상과
의사소통하는 나의 방법이다."
나도 그랬다. 나 또한 내 마음을 말로 표현하는 게 어려운 사람이다.
말로 꺼내기도 전에 눈물부터 앞섰고, 하고픈 말을 밖으로 내뱉기보다는
삼키는 날들이 더 많았다.

이제 상담사가 되어 누군가의 이야기를 들어주고, 그들의 속마음을
들여다보며 그것을 말로 꺼내어 주지만 정작 내 안의 깊이 넣어 둔
말들은 누구에게도 꺼내지 못했다.
그림과 글은 수줍음과 부끄러움이 많은 권예진이라는 사람이 세상을
향해 전하는 나의 이야기이다.
모험을 좋아하는 내가, 생각과 사색을 많이 하는 내가, 함께 하는 것을
좋아하는 내가 세상을 향해 전하는 수많은 이야기들…

핸드폰으로 그림을 그리고 글을 쓰는 그 시간이 내겐 치유의
시간이었고, 휴식의 시간이었다. 그림은 주로 기차 안, 전철 안,
커피숍이나 집 데크에서 그렸다. 내가 좋아하는 음악이 함께 어우러지면
나는 깊게 몰입하며 그림을 그리고 글을 쓸 수 있었다. 그림은 아직도

내겐 서툴고 어렵다. 그래서 하나를 완성하는 데 많은 시행착오를 거치지만 그 시간이 가장 자유롭고, 행복한 시간이었다.

상담자의 길을 가기로 결정하면서 내 맘속에 늘 새겨 두는 말이 있다. '단 한 사람만이라도 누군가의 곁에서 함께 해 준다면 그 누군가에겐 이 세상을 살아갈 만한 충분한 이유가 된다.'
오늘도 나는 그 단 한 사람이 내가 되어도 좋겠다는 생각을 하면서 내 작은 어깨를 내어준다.
"괜찮아, 잠깐 기대어도 돼."

괜찮아, 잠깐 기대어도 돼

ⓒ 권예진, 2021

초판 1쇄 발행 2021년 10월 19일
2쇄 발행 2021년 11월 17일

지은이   권예진
펴낸이   이기봉
편집   좋은땅 편집팀
펴낸곳   도서출판 좋은땅
주소   서울특별시 마포구 양화로12길 26 지월드빌딩 (서교동 395-7)
전화   02)374-8616~7
팩스   02)374-8614
이메일   gworldbook@naver.com
홈페이지   www.g-world.co.kr

ISBN   979-11-388-0260-4 (03810)